La petite princesse

Une histoire écrite par
Alain M. Bergeron
et illustrée par
Mika

cheval
masqué

Catalogage avant publication de Bibliothèque et Archives nationales du Québec et Bibliothèque et Archives Canada

Bergeron, Alain M., 1957-

La petite princesse chauve

(Cheval masqué. Au galop)
Pour enfants de 6 à 10 ans.

ISBN 978-2-89579-508-7

I. Mika, 1981 9 juil.- . II. Titre. III. Collection: Cheval masqué. Au galop.

PS8553.E674P473 2013   jC843'.54   C2012-942439-0
PS9553.E674P473 2013

Dépôt légal – Bibliothèque et Archives nationales du Québec, 2013
Bibliothèque et Archives Canada, 2013

Direction : Andrée-Anne Gratton
Révision : Sophie Sainte-Marie
Graphisme : Janou-Ève LeGuerrier

Nous reconnaissons l'aide financière du gouvernement du Canada
par l'entremise du Fonds du livre du Canada (FLC) pour des activités
de développement de notre entreprise.

Conseil des Arts   **Canada Council**
du Canada   for the Arts

Bayard Canada Livres inc. remercie le Conseil des Arts du Canada
du soutien accordé à son programme d'édition dans le cadre du Programme
des subventions globales aux éditeurs.

Cet ouvrage a été publié avec le soutien de la SODEC. Gouvernement du Québec –
Programme de crédit d'impôt pour l'édition de livres – Gestion SODEC.

Bayard Canada Livres
4475, rue Frontenac, Montréal (Québec) H2H 2S2
Téléphone : 514 844-2111 ou 1 866 844-2111
edition@bayardcanada.com
bayardlivres.ca

Imprimé au Canada

Offert en version numérique

» 978-2-89579-904-7
numérique   bayardlivres.ca

DES PERRUQUES

À l'époque des princes et des princesses, des châteaux et des donjons, chaque royaume a sa passion. Ainsi, au royaume du Potager, on adore les légumes. Les pommes sont reines au royaume du Pépin. Sans oublier le célèbre royaume Aux Quatre Vents, où l'on raffole des fèves au lard.

Au royaume de Lamèche, on aime... les cheveux! Partout au pays, on en fait même une question d'orgueil, autant chez les hommes que chez les femmes. Mais il y a un secret dans la famille royale: Marianne, la plus jeune des trois filles du roi, est chauve!

— Chauve comme une bille, dit messire Postiche, un riche commerçant du royaume.

— Comme un genou, ajoute l'élancée Glutaine, l'aînée des filles du roi.

— Comme un œuf, renchérit* la rondouillarde Châtaigne, la cadette des filles du roi.

Est-ce en raison d'une maladie? D'une malédiction? D'une mauvaise alimentation? Nul ne connaît la réponse.

* Ajoute.

La délicate Marianne est une petite princesse chauve. En tout temps, elle est coiffée d'une des nombreuses perruques confectionnées pour elle par messire Postiche. Celui-ci vend ses chefs-d'œuvre de chevelures à prix d'or.

Veuf depuis plusieurs années, le roi est soucieux. Il craint que Marianne n'ait aucune chance de trouver un prince charmant avec la tête qu'elle a.

En fait, la petite princesse chauve se fiche de son crâne nu. Elle n'aime pas porter des perruques. Ces coiffures provoquent des démangeaisons à son cuir non chevelu. C'est un supplice pour Marianne. Cependant, puisqu'elle est obéissante, la princesse respecte le désir de son père. Qu'il s'agisse d'une sortie officielle au palais ou d'une courte promenade dans le parc, Marianne doit avoir une perruque sur la tête.

Pour l'entretien des perruques, messire Postiche a assigné à la princesse une jeune servante prénommée Mizanplie. Ce privilège agace les sœurs aînées de Marianne.

La vérité, c'est que Marianne est très belle, bien plus que ses deux sœurs. Elle est aussi plus gentille et plus attachante. Elle est la préférée de la cour et du peuple.

Glutaine et Châtaigne sont jalouses de cette popularité. Elles sont prêtes à tout pour rabaisser leur jeune sœur...

Chapitre 2

DE LA HAUTE COIFFURE

Aujourd'hui, le royaume de Lamèche est en émoi. Messire Postiche annonce qu'un bal se tiendra à la grande salle du palais dans une semaine. Pour cette soirée, l'organisateur prévoit la présence d'un invité de marque. C'est le prince Thierry, du royaume du Petitpas, qui est à la recherche d'une fiancée.

Beau, charmant, gentil, cultivé et riche, le prince Thierry est le célibataire le plus convoité des deux royaumes. En plus, on raconte qu'il est le meilleur danseur de la cour.

— Un parti intéressant, convient messire Postiche. Et il est surtout attiré par les dames les mieux coiffées...

Dès le lendemain, toutes les boutiques de perruques de messire Postiche sont envahies.

Les filles du roi, elles, n'ont pas à se déplacer. Elles ont droit à un traitement royal. Les assistants de messire Postiche les coiffent, les maquillent et les habillent dans leur chambre. Tous se dévouent pour les mettre en valeur aux yeux du prince Thierry.

La princesse Marianne se tient à l'écart de cette frénésie*. Elle travaille elle-même à sa robe. Elle veille aussi à son maquillage. Pour sa perruque, elle obtient l'aide de la fidèle Mizanplie. Tout est prêt pour le grand bal!

* Enthousiasme extrême.

Le fameux soir arrive enfin. Au château, les trois filles du roi se regardent dans le miroir. Le roi est ému.

— Vous êtes magnifiques, déclare-t-il.

Messire Postiche apporte la dernière touche aux coiffures de Glutaine et de Châtaigne : chacune porte une tour de cheveux de plusieurs étages.

— De la haute coiffure ! commente le commerçant.

Avec l'accord de Mizanplie, Marianne a choisi la plus simple de ses perruques, celle avec des cheveux lisses qui lui couvrent les épaules. La jeune princesse est de loin la plus belle des trois, la plus naturelle et la plus à l'aise dans sa peau.

C'est si évident que même ses sœurs s'en rendent compte. Contrariées, elles se consultent à voix basse.

Tandis que le roi sort de la pièce, Glutaine se dirige vers Marianne. Elle attrape un gobelet que lui tend sa sœur Châtaigne. Ensuite, elle fait mine de trébucher dans le tapis. En tombant, elle répand une substance rougeâtre, semblable à de la confiture de fraises, sur la tête de sa jeune sœur.

— Oooh! je suis vraiment désolée! s'excuse Glutaine.

Habituée aux urgences, Mizanplie réagit très vite. Elle trouve une serviette pour essuyer la confiture qui coule des cheveux de la princesse. Sa robe blanche a été épargnée de justesse. Mais la perruque est inutilisable, et la laver prendrait trop de temps.

— Je cours en chercher une autre, avertit la servante.

Elle s'engouffre dans un couloir et se hâte vers le placard où sont entreposées les perruques. Entre-temps, Marianne retire sa perruque tachée.

Alerté au passage par Mizanplie, le roi retourne dans la chambre de ses filles. Il constate la situation. Messire Postiche lui explique, l'air sérieux :

— C'est un bête accident.

Au bout de quelques minutes, la servante revient, catastrophée.

— Princesse Marianne, vos perruques… elles ont disparu !

Comment autant de perruques peuvent-elles s'être volatilisées d'un coup ? Le mystère plane sur le château.

Chapitre

3

PAS QUESTION !

L'heure file, et le bal est sur le point de commencer. Or, pour la danse d'honneur, la présence royale est requise.

— Tant pis, j'y vais! dit Marianne sur un ton déterminé.

Si Mizanplie semble approuver, les autres ne sont pas d'accord.

— Il n'en est pas question! s'oppose le roi.

Le roi justifie sa décision :

— Ma fille, on ne t'a jamais vue ainsi en public !

— Vous imaginez la réaction du prince Thierry devant une princesse chauve comme une bille ? s'inquiète messire Postiche.

— Comme un genou ? ajoute Glutaine.

— Comme un œuf ? renchérit Châtaigne.

Marianne a beau protester, le roi refuse de la laisser sortir. Il s'impatiente :

— Nous sommes en retard !

Messire Postiche désigne Mizanplie.

— Vous tiendrez compagnie à la jeune princesse pendant que nous serons au bal.

Les autres membres de la famille royale quittent la chambre. Rapidement, la servante révèle à Marianne que ce n'est pas un accident si Glutaine a gâché sa perruque.

— Pourquoi aurait-elle fait ça ? interroge la princesse.

Mizanplie ramène Marianne devant le miroir.

— Parce que vous êtes la plus belle de toutes, lui rappelle la servante. Vos sœurs sont jalouses et elles savent que le prince ne verra que vous. Ce n'est pas un hasard si vos perruques ont disparu… On ne veut pas de vous au bal.

Marianne réfléchit. Elle aimerait rencontrer le prince, elle aussi. Mais elle ne désobéirait à son père pour rien au monde.

La servante observe son reflet dans le miroir. Ses longs cheveux lui tombent au milieu du dos. Soudain, elle s'exclame:

— J'ai la solution! Il faut se dépêcher!

Chapitre 4

UN PRINCE CHARMANT

Près de là, le prince Thierry fait son entrée dans la grande salle de bal. À peine y met-il les pieds qu'il est l'objet de toutes les attentions. Les dames de la cour se pressent autour de lui pour l'admirer…

Ses yeux bleus et sa coiffure blonde d'où ne dépasse pas une seule mèche font tourner les têtes.

Thierry est accueilli par le roi.

— Cher prince, soyez le bienvenu au royaume de Lamèche !

Le roi lui présente ses filles, les princesses Glutaine et Châtaigne.

Puis messire Postiche lance le bal.

— Que la fête commence ! Musique !

Glutaine et Châtaigne s'approchent du prince en espérant qu'il s'émerveillera devant elles.

— Vous avez remarqué nos beaux cheveux, cher prince charmant ? demandent-elles en battant des cils.

— Oui, il est difficile de ne pas les voir, répond Thierry. Est-ce que c'est lourd à porter cette… euh… tour ? On dirait un gâteau pour des mariés…

Glutaine éclate de rire.

— Et si vous regardiez au-dessus ?

Elle actionne une manette dissimulée dans sa longue robe. Un claquement sec plus tard, deux minuscules personnages de porcelaine apparaissent au sommet de la tour.

— Pfft... très original, bougonne Châtaigne.

Alors que l'une des sœurs accuse l'autre de l'avoir copiée, le prince s'esquive* en douceur. Il choisit une partenaire de danse. Puis une deuxième… Puis une troisième…

C'est de cette façon que sa soirée se déroule, de valse en valse, de dame en dame, de… perruque en perruque. Thierry reste toujours souriant, poli, gentil… et beau. Mais aucune étincelle magique ne jaillit au fond de ses yeux…

* S'en va.

Chapitre

5

LE COUP DE FOUDRE

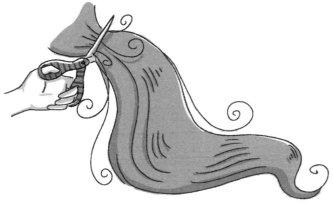

Pendant ce temps, dans une autre salle du château, l'heure n'est pas à la tristesse, mais à l'action. Mizanplie a une idée, que Marianne refuse net. Devant l'entêtement de la princesse, la servante s'empare d'une paire de ciseaux. Elle entreprend de couper très court ses longs cheveux.

La princesse ne parvient pas à arrêter Mizanplie.

— Vous m'aidez ou pas ? insiste la servante. De toute manière, il est trop tard pour revenir en arrière…

Émue aux larmes par ce geste d'une immense générosité, la princesse finit par accepter. Mizanplie s'exécute en vitesse et avec efficacité.

— Vous avez des doigts de fée, mon amie, la remercie Marianne.

À son tour, la servante est touchée de la reconnaissance de la princesse.

★

Dès l'arrivée de Marianne à la grande salle de bal, tous les regards se tournent vers elle.

La princesse est escortée de Mizanplie, qui a camouflé ses cheveux courts sous un foulard. La servante est prête à réagir en deux temps, trois mouvements s'il y a un problème avec la perruque qu'elle a fabriquée.

Quant au prince Thierry, il sent enfin son cœur bondir dans sa poitrine…

Le roi se réjouit de la venue de Marianne. Comme il l'a fait pour ses filles aînées, il souhaite la présenter au prince Thierry. Mais celui-ci s'est déjà élancé à sa rencontre, en dépit des protestations de Glutaine et Châtaigne.

Thierry s'incline devant Marianne pour lui accorder un baisemain. Puis il l'invite à danser.

— Pourquoi n'ai-je pas eu droit à un baisemain, moi? dit Glutaine, irritée.

— Moi, j'en ai eu un. Tu ne l'as pas vu? réplique Châtaigne en bombant la poitrine.

— Menteuse! s'écrie la première.

— Menteuse toi-même! se fâche la deuxième.

Glutaine riposte par un coup sur les personnages de porcelaine qui décorent la perruque de sa sœur. Ils tombent au sol et ils se brisent en mille morceaux.

— Ah ! c'est comme ça ! gronde Châtaigne qui se venge de façon identique.

Les deux sœurs se chamaillent. Dans la
lutte, leurs tours de cheveux s'effondrent
sur leurs visages.

Un large vide s'est maintenant créé autour de Marianne et du prince Thierry. Ils sont les seuls à danser sous l'œil ravi du public.

De presque tout le public... Glutaine et Châtaigne constatent avec désarroi que le prince a clairement arrêté son choix sur Marianne.

À la pause musicale, elles se hâtent vers le couple princier tout en remettant un peu d'ordre dans leurs coiffures échevelées.

— Nous sommes très heureuses de te voir, sœurette, ment Glutaine.

— Eh, Mizanplie, tu as une nouvelle coiffure ? Où sont passés tes cheveux ? l'interroge Châtaigne avec mépris.

Soudain, Glutaine perd l'équilibre, en exagérant ses mouvements. Tombant dans les bras de Marianne, elle agrippe la perruque de sa sœur et elle la lui arrache.

Une immense clameur secoue la salle de bal du château.

La petite princesse est chauve!

Chapitre 6

ET PUIS APRÈS?

L'instant de stupeur passé, les commentaires vont bon train dans la salle du palais. Et pour cause: on vient de découvrir que Marianne, la petite princesse chérie, est chauve.

— Chauve comme une bille! dit l'un.

— Comme un genou! ajoute l'autre.

— Comme un œuf! renchérissent l'un et l'autre.

Glutaine brandit la perruque de Marianne à la manière d'un trophée de chasse. Châtaigne l'observe d'un air triomphant. Le roi est sous le choc : quelle sera la réaction des gens du royaume ? Quant au prince, il recule de quelques pas.

La jeune princesse conserve son calme et sa sérénité. On dirait qu'elle se sent libérée. D'ailleurs, elle refuse le foulard que lui tend Mizanplie.

— Mais qu'avons-nous là ? s'écrie messire Postiche, prenant la foule à témoin. Voilà une petite princesse chauve comme une bille…

— Comme un genou ! ajoute Glutaine.

— Comme un œuf ! renchérit Châtaigne.

Glutaine remet la perruque à Marianne d'un geste brusque. La petite princesse la tourne dans ses mains. Forte du regard complice de Mizanplie, elle dit :

— Non, merci. Je n'en ai plus besoin.

Sans baisser les yeux, Marianne s'approche du prince Thierry, muet depuis l'incident.

— Je n'ai pas honte du tout. Je vous l'aurais appris tôt ou tard.

Ses sœurs jouent du coude pour se ranger aux côtés du prince. Chacune s'accroche à un bras et le tire vers elle.

— C'est notre secret de famille, lui confie Glutaine en secouant la tête.

Châtaine enchaîne :

— Vous devrez donc choisir entre Glutaine et moi, car nous avons les plus beaux cheveux naturels du royaume de Lamèche.

Le prince se dégage sans gêne de leur étreinte.

— Pourquoi me parlez-vous de vos cheveux ? C'est une obsession chez vous ? leur demande-t-il, excédé de leur comportement.

Les sœurs aînées de Marianne désignent du menton messire Postiche.

— C'est parce qu'il nous a dit que vous aimiez les filles avec de beaux cheveux! explique Glutaine.

— Des cheveux bien coiffés, précise Châtaigne.

Le riche commerçant cherche à les faire taire, mais il est trop tard. Le prince Thierry en perd sa bonne humeur. Les traits de son visage se raidissent. Il s'avance à quelques centimètres du nez de messire Postiche.

— Pas les cheveux, Messire! J'ai dit: les yeux! Les yeux!

Messire Postiche ne sait plus quoi répondre.

— Euh… les yeux… Ah! J'avais compris les cheveux. Ça rime: yeux, cheveux… Mon erreur. Désolé…

Le prince va retrouver Marianne. Il lui prend la main.

— Oui, les yeux… Des yeux magnifiques, comme les vôtres, où se reflètent la beauté et la bonté de votre cœur.

Avec la permission de Marianne, il caresse délicatement son crâne dégarni. Elle lui sourit et elle lui dit:

— Être une princesse n'est pas une question de cheveux...

Le prince Thierry approuve d'un signe de tête. Il se tourne vers les gens qui gardent un silence respectueux.

— Soyez fiers, gens de Lamèche: vous avez la plus belle des princesses de tous les royaumes!

LA SURPRISE ROYALE

La foule éclate de joie. Thierry dépose un tendre baiser sur la joue de Marianne qui en rougit de bonheur.

Tout à coup, on voit un étrange objet voler du fond de la salle et atterrir aux pieds de messire Postiche. Le commerçant se penche pour le ramasser. Il est surpris de sa découverte.

— Une perruque ?

Une deuxième emprunte le même chemin. Une voix hurle :

— Vos perruques me donnent mal à la tête !

Puis une troisième, qu'il reçoit en plein visage.

— Vos perruques sentent le derrière de cochon, Messire de la Moumoute !

Cette dernière remarque provoque une cascade de rires. Elle déclenche aussi une pluie de perruques sur la piste de danse. Incroyable !

L'averse de perruques terminée, le roi impose le silence à sa cour. Dans un geste théâtral, il agrippe ses cheveux et il retire… sa perruque !

— Ah! ça va mieux! s'exclame-t-il, sou-
lagé.

Une seconde clameur ébranle les murs de la grande salle de bal.

— Le roi est chauve comme une bille! dit l'un.

— Comme un genou, ajoute l'autre.

— Comme un œuf, renchérissent l'un et l'autre.

Glutaine et Châtaigne se rendent auprès du prince dans une ultime tentative de le charmer. Elles enfilent un bonnet de nuit par-dessus leurs cheveux. Mais avec ces mèches qui ressortent à la hauteur de leurs oreilles et à l'arrière de leur crâne, elles suscitent la moquerie. Le prince se montre indifférent.

— La mascarade a assez duré! décide le roi. Dorénavant, le port de perruques ne sera plus toléré dans mon royaume.

Messire Postiche est dévasté: son empire de fabrication de perruques vient de s'effondrer.

Amer, messire Postiche se dirige vers Mizanplie. Il annonce :

— Vous êtes congédiée ! Partez ! Je ne veux plus de vos services.

La princesse Marianne intervient aussitôt :

— Moi, si ! Mizanplie restera désormais avec moi. Et nous serons des amies pour la vie !

La princesse serre son amie dans ses bras. Puis, en compagnie du prince Thierry, elle observe les hommes et les femmes dans la salle. Plusieurs ont le crâne lisse, pareil au sien.

Est-ce en raison d'une maladie ? D'une malédiction ? D'une mauvaise alimentation ? La princesse ignore la réponse. Et ce n'est pas important.

Le roi s'incline devant Marianne.

— Tu nous as rappelé, ma fille, que nul n'a besoin du regard des autres pour s'accepter tel qu'il est. Que l'on soit chauve comme une bille, un genou... ou un œuf !

FIN

Voici les livres AU GALOP de la collection :

Lesquels as-tu lus ? ☑